콩의 변증법

2015
세종도서 문학나눔

황금알 시인선 94
콩의 변증법

초판발행일 | 2014년 10월 31일
2쇄 발행일 | 2015년 12월 7일

지은이 | 강상기
펴낸곳 | 도서출판 황금알
펴낸이 | 金永馥
선정위원 | 마종기 · 유안진 · 이수익 · 문인수
주 간 | 김영탁
편집실장 | 조경숙
표지디자인 | 칼라박스
주 소 | 110-510 서울시 종로구 동숭동 201-14 청기와빌라2차 104호
물류센타(직송 · 반품) | 100-272 서울시 중구 필동2가 124-6 1F
전 화 | 02)2275-9171
팩 스 | 02)2275-9172
이메일 | tibet21@hanmail.net
홈페이지 | http://goldegg21.com
출판등록 | 2003년 03월 26일(제300-2003-230호)

값은 뒤표지에 있습니다.

ISBN 978-89-97318-84-1-03810

콩의 변증법

강상기 시집

황금알

나의 시는 칼이 아니라 칼을 가는 숫돌이었으면

녹슨 농기구의 녹을 벗기는 약이었으면

웃음 속에 더 없이 빛나는 이빨을 닦는 치약이었으면

그러나 그 무엇보다 마음 자리를 닦아주는 것이었으면

2014년 가을에

송라산 기슭 선재산방에서

강상기 쓰다

차 례

1부

2부

3부

4부

1부

우리

우리는 나를 가두는 우리다

나는 우리 밖이 그립다

우리에 갇히겠느냐
우리에서 벗어나겠느냐

내가 그리는 무늬가 세상을 바꾼다

발자국

내가 서 있는 곳에 내 발자국이 있다
발자국이 내 길이다

뒤돌아보지 말자
사라진 발자국이 나를 여기까지 데려왔다

그러므로 길은 내가 만들고
나는 길을 찾지 않는다

나는 내 발자국 위에 서서
내 앞의 발자국을 본다

거대한 도서관

우주는 거대한 도서관
이 안에서 나는 철부지 어린아이

다 들여다볼 수 없는 언어의 집적
일정한 순서에 따라 꽂혀 있는
열어 볼 수 없는 퇴적층
희미한 빛을 발하고 있는 암흑의 형광 물질

나는 세상의 어둠 안에서 빛나는
작은 반딧불이

열차

너는 항시 달아나고자 한다
달아나는 것을 미래가 뒷받침한다
달아나면서 시간을 만든다
영원히 스쳐 가는 현재를 너는 달아난다
철길이 끝나는 곳, 죽음의 공포,
더 달아날 수 없는 두려움의 상황이 와도
달아나는 순간은 매 순간이 경쾌하다
빛이 등을 돌려 아무 흔적 없이 사라져도
세계는 시간 속을 빠르게 스쳐 간다
철길 위에 다시 시간이 눕는다
달아나는 것은 모든 것을 분리한다
현재로부터 달아남을 중지할 수는 없다
달아나고 있다는 사실을 모른 채
달아나고 있는 것이
달아나는 너의 몸짓이다

속내

소, 돼지
닭, 오리
개를
내 자식같이 키웁니다

거짓말!

돈을 키우면서

비범한 아름다움

광대한 의식의 바다에 둘러싸인 파도는
산호초, 조개껍데기, 자갈들을 적시면서
끊임없이 세차게 몰아치고 있다

파도를 바다에서 떼어낼 수 있는가

파도는 항시 바다에 통합하여 젖어든다
마음의 바다에서 감정의 파도가 뛰논다

나의 행위는 나타났다 꺼지는 저 파도가 아닌가

모든 게 유동적인 바다에서
일상적인 행위와 단순함이 비범한 아름다움이라면서
파도는 긴 호흡의 거품을 토해낸다

서울

이 도시는 사막인가
늘 목이 마르다

나는 오늘도
24시 편의점 생수를 찾는다

목적에 따라서

담쟁이는 잎과 빨판을 지니고
허공을 오르기에
꽃을 열망하지 않는다

난초는 꽃을 피워
은은한 향기를 풍기기에
열매를 궁리하지 않는다

살구나무는 꽃을 피우고
살랑거리는 녹음 속에
열매를 품는다

집 마당귀에 살구나무를 심었더니
살구나무집이 되었다
담에는 담쟁이를 올리고
방안에는 난초를 들였다

악어

믿는 자에게 복 있나니
나를 가장 믿는 것은 악어새다
내 입안 들어와 이빨 청소해 준다
내 삶 끝에는
당신이 좋아하는 지갑이 되고,
핸드백이 되고,
구두가 되고,
내가 무슨 짓 했기에
악어 눈물이라 비아냥대는가
악! 어!
쥐새끼가 내 등판에서 못살게 구네
이놈, 쥐새끼야
더는 내 정신 흐리게 하지 마라

개미들을 위하여

살과 뼈를 깎아
토요일과 일요일도 없이 살았으나
어둠의 터널에 빛은 보이지 않았다
여러 번 결혼 생활 위기가 왔고
가족과 오붓한 시간도 없이
오직 CEO고지 향하던 친구는
오십 초반에 심근경색으로 쓰러졌다
노동자에 빨대 대고 피를 빠는 자들의
이익을 대변하면서
파업하는 노동자를 종북이라 외치면서
불의를 덮으며 살았던 친구였다
병원의료원 영안실 추도식에서
나는 조시를 노래했다
친구가 기업주 노예로 살고 있을 때
나는 베짱이 노래만 불렀다
지금은 불치의 암이 냉동된 겨울
이 혹독한 추위를 녹이기 위하여
과로사가 기다리는 또 다른 개미들을 위하여
나는 뜨거운 노래를 불러야 한다

장로님 가게

그 가게는
하느님 말씀을
빵이나 과자 싸는
봉지로 쓰고

사람들은
먹을 것 먹은 뒤

하느님 말씀은
쓰레기통에
구겨서 넣고

그늘과 함께

장미꽃 나무를 휘어서 만든 아치 밑 그늘에서
그녀를 보았다

연못 분수에서 뿜어 나오는 무지개는
황홀하게 그 자리에 있었다

수양버들 그늘이 연못을 덮어 온다
연못 그늘의 연꽃 봉오리는 더위를 피한 그녀였다

그늘이 걷혀 간다
연못이 환해지면서 연꽃 봉오리가 더욱 눈부셨다

값

장마철 홍수에 강은 물살이 거세다
사람이 강물에 떠내려온다
돼지도 소도 떠내려온다
강둑에 서 있는 사람들이
돼지와 소를 더 안타깝게 생각한다
돼지나 소는 돈이 되고
사람은 다툼만 생긴다
흙탕물과 쓰레기에 섞여 떠내려가는
어쩔 수 없는 사람과 돼지와 소와…
이와 다를 바 없는
강둑에 서 있는 사람들

해고

아내가 만드는 된장찌개의
저녁상 지키기 위하여
자식들한테 주눅 들지 않기 위하여
죽고 싶은 굴욕을 견뎌야 한다
누가 나 해치지도 않는데
누가 나 아프게 하지도 않는데
나는 왜 두려움에 떨고 있는가

등골이 휘어지게 일하는
내 등골에 언제 비수가 날아들지
더 젊고 싼 친구들이 들어와
내 생계 박살 낼지 모르는
아, 해고 두려워하는
나는 고용주의 두루마리 화장지

소묘

이제 드라마는 끝났다

소파에 기웃하게 기대앉은 아내는
마감 뉴스에 채널 맞춘다

두툼한 안경 이마 쪽으로 밀어 올리며
기우는 자세 바로잡다가
다시 눈꺼풀 가물가물한 듯

리모컨 손에 쥐고 슬며시 잠에 기댄다

춘천행

춘천행 전철을 탔다
노인 부대들 전용 열차인가
젊은이 없는 열차 안은 황폐해 보였다
내 나이 늙은 줄 모르고
나는 그들과 함께 창밖 풍경을 보았다
등산복 차림의 나를 그들도 그렇게 보았겠지
내 모습 그렇거니
오래 사는 것 복된 일 아니고
이미 노동력 상실했으면
더는 사는 것 죄악이라고 누가 말했지
닭갈비에 막걸리 한잔 걸치고
무임승차로 무덤의 집으로 돌아갈 테지
주름진 얼굴 회색 하늘에 낙관으로 박힌다

비겁한 일상

고속도로에 웬, 드럼통! 불평하면서
이걸 피해 그냥 지나친다
뒤에 오는 자동차 백미러로 살피면서
혼자 무사했으면 그만이지
이렇게 사는 나를 반성하면서
또다시 그렇게 산다
골목길 학생들 싸움질해도
지하철 성추행 젊은이 보고도 못 본 척
광장에서 생존 투쟁 데모하는데
마이크 소리 시끄럽다 욕하면서
교통 체증에 짜증 섞인 불평을 한다

밥과 꽃

이 꽃을 가슴에 들고 있으라고?
꽃은 가슴에만 드는 것은 아니다

꽃은 위장으로도 들 수 있다
청국장 속에 콩꽃이 있고
밥 속에 벼꽃이 있어
밥도 꽃이다
누릇한 색깔, 구수한 향기,
다디단 꿀맛.
어찌 밥만 좋아하고
꽃은 모르느냐고?

사람이 꽃인 것을

노래방

노래와 노래끼리 부딪치며
소음으로 흘러가는 곳에서
엄마가 도우미로
근무하는 동안
과외받는 자식은 잠이 들었다

노래하고 웃고 술주정에 몸을 허용하고
노래가 멈춰 적막한 시간에
지쳐 돌아오는 새벽

엄마가 밤에 나갔다가
새벽에 들어오는 이유
아들은 묻지 않는다

그 끝은 이렇다

지하철 교대역에서 사당 방향 2호선으로 바꿔 탔다
서초역 지나 방배역에서 내려야 했는데
낙원상가 실버 극장에서 본
〈뜨거운 양철지붕 위의 고양이〉의
마지막 포옹하는 장면 상상하다가
문득 밖을 보니 사당역
나는 사당역에서 실버 카드 사용해
반대편 교대 방향 쪽으로 내려갔다
지나온 과거 방배역을 미래 삼아 돌아간다
여행이 끝나 다시 과거로 돌아가는 일은
미래로 가는 것이라는 것을 새삼 깨닫는다
각자 지하철 타고 같은 방향 가면서
타인들 서로 엉켜 있었으나
문득 미래로 가는 모든 그들은 제 갈 길로 가고
나는 과거의 미래로 되돌아와
일상의 문안으로 들어선다

사는 법

고속버스터미널 한쪽에서
복전함 앞에 놓고
스님이 목탁 두드리며
염불하고 있다

그 앞에서
"예수 천국, 불신 지옥"
팻말 들고
예수 믿으세요 외치고 있다

사람들은
아랑곳없이
불도로 오고 가고
예수교로 오고 간다

2부

말뚝

어린 자식 나무기둥에 묶어 두고
삼성역 부근에서 포장마차 하던 젊은 부부가 있었다
근 이십 년 장사하더니 집 사고 땅 사고
그 아이 지금은 대학생이지만
그 아이가 묶였던 기둥에
그 집 개 묶여 줄의 길이만큼 뱅뱅 돈다
나도 그렇게 살고 있다
가족 벗어나지 못하고
돈벌이 길이만큼 뱅뱅 돌면서
견고한 줄에 묶여

사막 지대

사막은 지상의 구름이다
여인의 누드가 누워 있는 자리에
금방 양 떼가 나타나기도 하고
어린아이가 나타나기도 하고
수없이 많은 형상이 나타났다 사라지는
지상의 구름이다

지금 구름은 목마르다
자신을 반길 목마른 영혼을 갈망한다
구름밭을 밟고 가는
고달픈 대상의 무리에게
뒤척거리며 끝없는 손짓을 하면서
그림 카드의 모습을 바꾼다

마그마

헤드라이트 불빛의 물결이
촛불의 물결로 바뀌어 출렁인다

손에 든 종이컵 속 작은 불빛을 들고
불안한 주인은 검은 아스팔트 광장에 나왔다

바람에 조금씩 흔들리는 마그마의 촛불이
거대한 활화산 되어
세상 뒤엎을 그 날을 꿈꾼다

해골들끼리

참으로 오랜만에
동창회 모임에 얼굴 내밀었다

위암 수술한 뒤라 무척 수척해 있는데
웃으며 반갑게 맞이해 주었다
몸은 괜찮은 거여
수술했다더니 예후는 좋은 거여
뭐, 심한 독감 좀 앓았다고 생각하면 되지
딴은 위로를 한다면서
본인은 탈 없는 것 다행으로 여기는 듯
평소 건강은 잘 챙겨야지
잘만하면 백 살까지 산다는데
야, 너 해골이 되어 나타났구나
늦게 온 여자 동창이 말했다
저는 해골 아닌 듯이

해골들끼리 뷔페 식사하고 헤어졌다

니르바나

푸르게 멍든 세월 지쳐
빨겋게 녹물 든 단풍 되거나

지상의 죄 덮는 몸짓으로
앙상하게 날러 가는 낙엽 되거나

여기에 무슨 아쉬움 있나
녹綠−슬다

주일

모두들 일하지 말고 쉬라는 날에
신자들은 예배 보는 일 하고

나는 낚시질하면서
고요한 수면의 평화 위에
눈길 던지고 있는데

꾸물꾸물 물이 부풀어 움직이더니
활짝 물보라 날리면서
물고기가 튀어 오른다

주일에, 쉬지 않은 게 탈이었다

빛의 역설

빛을 보기 위하여 빛을 꺼버린다

어둠 속 눕기 위하여
어둠 속 뒤척이기 위하여
암실 속 사랑 나누기 위하여
버튼 눌러 작은 빛 지운다

빛이 보인다 어둠에서,
사랑의 빛,
오, 빛을 버려야 빛을 볼 수 있다

눈이 내린다

채울 것 없는 이력서를 쓰고 찢을 때마다
그대는 뼈가 말라 간다
살찐 이력서들의 틈바구니에서
그대는 하얀 뼛가루만 날린다
세상은 백골들에게는 질문을 하지 않는다
아무것도 묻지 않는 세상의 벽에
그대는 답을 해야 한다
누구 때문이라는 이유도 모르며
하얀 배를 드러내고 떠오르는 물고기 떼가
이 지상에는 있다고
그대 집에서 노숙하며 외친다
울림은 한갓 헛되이
뜯어 먹히고 발라진 생선뼈가 된 세상에
존재하지만 존재하지 않는
이미 투명 인간이 되었다
흰 뼛가루만 백골을 덮는다

공기와 함께

당신을 느끼지만
볼 수는 없어요

당신 안에 살지만
붙잡을 수는 없어요

오히려 값없어
가장 비싼 충만인데

왜 내가 가난합니까

바다의 섹스

나는 웅장한 포르노 보고 있다
숨 막히고 가슴 진동 폭풍으로 느껴진다
저 광대한 이불 누가 펼쳐 놓았는가
이불 밑 누가 누워 있는가
서서히 들썩이는 이불
애무와 전희의 속도에 탄력 붙어
요란하게 가파른 고개 넘어
온갖 체위 다 보여준다
서로 껴안고 뒹굴고 입맞춤하면서
사디즘이나 마조히즘 황홀하게 분출한다
멈춤 없는 영원한 섹스
해안으로 달려와 괴성 지르고
하얀 사정액 뿌리면서
거친 호흡 훌쩍거린다
아, 저렇게 강렬한 성욕의 왕성함으로
세상의 무늬를 바꾸고 싶다
가슴의 진동 폭풍으로 느끼며

차이 1

누구는 버스비 없어 5km 걸었다

누구는 비만이 싫어 5km 걸었다

차이 2

지루한 강의에 졸고 있는
강의실 안의 공부하는
대학생

긴 밧줄에 매달려 유리창 닦으며
실내 강의 엿보는 또래의
젊은이

하늘이 된 손바닥

카페 들어섰을 때
난로 위 주전자 물 끓고 있었다

시린 손, 난로 위에 올리고
기분 좋게 온기를 비볐다

주전자 끓는 가슴에서 뿜어 나온 김이
손바닥에 구름으로 흘렀다

하늘이 된 손바닥

어느 일생

새잎이 났다
꽃봉오리가 열렸다
벌과 나비 초청해
소중한 꿀 나눴다
꽃잎 내려놓은 뒤
살랑이는 녹음을
꾀꼬리가 찾아와 노래했다
뒤이어 단풍이 오고
낙엽이 왔다
눈꽃이 앉았다
그리고 오늘
폭풍에 쓰러졌다

어머니의 끝

어머니의 의식은
이미 사라졌다

산소마스크를 떼어 냈다

순간 어머니의 눈가에
눈물이 흘렀다

어머니의 의식에
아직도 남은 실개천

석양에 이르다

나는 더는 경주마로 살아갈 수 없다
골절상 입어 폐마가 되었다
한때 숨 가쁜 순위 경쟁에서 뛰어난 성적
압도적인 주파 기록이
이제 와서 무슨 소용인가
그래도 아직은 쓸모가 있었지
체험 공원이나 관광지에서
어린이 등에 태우고 천천히 걷거나
관광 마차 끌면서 똑같은 코스
오가는 일을 했지
이제는 그 일도 힘겨워
망아지적 달리던 푸른 초원 끝에 서 있다
황홀한 노을 속
고요히 사라지는 소실점
이제야말로 푸른 초원이 나의 세상이다

모기의 변명

나를 쓸모없는 놈이라
말하지 마라

피만 빨아먹지
왜 독과 질병 선물하느냐
탓하지 마라

너희들은
모든 짐승을
살육하지 않느냐

나의 집

손봐야 할 곳
한두 군데 아니다

혈관 보일러
콜레스테롤에 막혀
가끔 빈혈 생기고
하수구 막혀 방광 붓고
유리창 시력 뿌옇다

내 이 집
그동안 잘 살았지

독한 알코올 쏟아 부어
장마철 젖은 담벼락 되어
오장육부 버슬버슬해
손보기 너무 낡았다

사랑이여,
이 주택 허물어도 좋다

아이 기르기

그 엄마는 자기 아이
반지하에 가둬 놓고
부잣집 아이 돌보고 있다

부잣집 아이는
제 엄마 품에서 사랑받지 못하고
돌보미의 노동에 잠이 든다

지평선

여행은 끝났다
이제 더는 갈 곳이 없다
광막한 공허함과 마주 섰다
성취하고 싶은 그 무엇이 있어
공허로 인한 외로움과 고뇌를
시 쓰기로 은폐하면서 살았는가
세계 문제가 나의 문제
내가 세계였기에
공허였기에
끝내 극복할 수 없었다
지평선 너머 지평선에 가면
또 지평선 나타나고
결국은 내가 서 있던 자리로 되돌아왔다
내가 서 있는 곳이
바로 내가 바라본 지평선이었다
편안하게 쉴 수 있는
기쁨이 한없이 넘치는
내 마음 여기에 도착하였다

전락

대학 등록금 마련에 빚이 졌다
그녀는 마트에서 알바해도
빚 갚을 수 없어
청계광장 나가 촛불을 들었다
물대포 맞고 돌아왔으나
기다리는 것은
불법 시위 범칙금 몇백만 원
대학 졸업해 좋은 신랑 만나
잘 살아야지 다짐도 헛되게
그녀는 성시장에 몸을 내놓았다

3부

봉인을 걷어내도

물은 더러는 침전으로
사랑하는 돌을 푸른 이끼로 봉인한다

나는 위선으로 나를 봉인한다

때로는 위선의 봉인을 걷어내도
거기에 나는 보이지 않는다

안과 밖

운현궁 여름 한낮,
뜰 위에 놓인 하얀 플라스틱 의자에
걸터앉은 노인들,
더위를 부채로 쫓으며
전통춤과 악기 연주를 감상한다
무대 뒤쪽 계동 현대건설 사옥에
연비 1등급 펼침 막이 길게 걸려 있다
담 안에서는
조선의 시누대 잎이 아직도 푸른데
담 밖에서는 119 사이렌이
요란하게 지나간다

나팔꽃

나팔꽃 줄기가 나무를 타고 기어오른다
혼자 허공을 오를 수 없어
나무에 기대어 오르다가
나무보다 더 고개를 들고 나팔을 분다
국기 게양식에 나팔을 불고
국기 하강식에 나팔을 내린다
동족끼리 학살한 부끄러운 나라에서
지구 전체의 국민들에게
충성 맹세의 나팔을 불고
하늘 깊은 곳에 얼굴을 비빈다

축제

여의도 윤중로,
하늘거리는 벗꽃 축제
꽃보다 곱다고 할 수 없는
사람들 물결 속에
고무다리 장애인이
벗꽃 그늘로
거북이 모습으로 엎드려 기고 있다
하느님을 찬송하면서
내미는 동냥 그릇에
벗꽃 몇 잎이
사르르 떨어져 내린다

어떤 임종

독극물 마셨다
병마에 시달리던 아버지
자식들에게 짐이 된다고

주검 앞에서
눈물도 없이
자식들은 유산 다투고

저 석양

갑자기 구름이 불타고 있다
저기, 어디인가
대화재가 일어났다

불은 온갖 잡동사니에 타올라
이윽고 내 가슴으로 온다

내 가슴이 황홀하게 뜨겁다
눈물이 흐른다

숨 쉴 수 없는 환희가
내 안에서 불타오르면서
모든 경계가 사라진다

나는 누구입니까

나는 나의 노예입니다

노예는
해방되어야 합니다

내가 주인으로 사는 일이
이렇게 평생 힘들 줄이야

끝내 노예로 끝날 것인가
도대체 나는 누구입니까

전자계산기

나는 계산 속에 산다
그대들의 가계부와 정부 예산과 수출입 계산과
세리에게 바쳐지는 뇌물을 계산한다

악덕 포주에 빼앗기는 여인들의 화대도 계산한다
포주에 얻어맞는 그녀들의 굴종도 계산하고 싶다

그대가 친구와 주고받는 돈거래 액수와 이자도 계산한다
그대들 우정과 배신도 계산하고 싶다

그대들이 선물하는 꽃값과 비싼 보석값을 계산한다
그대들의 사랑도 계산하고 싶다

그대들의 아늑한 집과 풍성한 식탁과
힘찬 섹스를 위한 영양제값을 계산한다
그대들의 행복도 계산하고 싶다

나는 왜 이렇게 계산하고 싶은 것이 많을까
이 절망적 계산의 끝없는 욕망

견인 지역

삶의 끝에 잠시 머물러
쉬고 싶을 때
이 지역 주·정차 금지

이 지역에서 떠나라

벌금 딱지 떼거들랑
후회하지 말고 다시 운행하라

수명을 견인하는 것은
너의 에너지가 다하는 날이기에

카메라

내가 보는 세상은
반대 의견이나 판단이 없다

주인에게 맡겼다

보는 것이 나인가
주인인가

주인은 기준의 생산자인데
나는 기준의 수행자이다

주인은 주체적인데
나는 조종당하고 있다

겨울나무

눈 쌓인 겨울나무 아래를 지날 때
갑자기 눈송이가 내 머리 위에 쏟아졌다

이 순백의 축복을 받으라는 듯이
이 나무 아래 좀 멈추어 생각하라는 듯이
나뭇가지가 지상에 내려놓고 싶은 무게를
내가 감당하라는 듯이

추위 속 겨울나무가
얼어붙은 내 마음 일깨워 주었다

콩의 변증법

어머니가
쌀을 방바닥에 뿌려 놓고
뉘와 돌 골라내 밥 짓는 동안
아버지는 콩 다발 마당에 펼쳐 놓고
도리깨로 두드렸지

콩 껍질 걷어내고
알맹이와 뒤섞인 모래
다시 걸러내
콩끼리 모여 사는 세상 되었어

콩이 다시 세상을 나누지
콩나물, 콩비지, 콩기름,
두부, 두유, 메주,
청국장, 된장…

깡통을 차다가

길을 걷다가
인도 위에 웅크린 빈 깡통을
무심코 발로 걷어찼다
순간 날카로운 비명을 지르며
공중으로 붕 떠올랐다
살아서 날아가는 모습이
석탑에 비쳤다가
튕겨나오는 빛이었다
땅 위에 웅크릴 때와
땅 위로 떠오를 때의 차이가
저렇게 놀랍다니
모든 살아 있는 것은
비상할 때 아름답다

목발

암 투병하다 죽은 그녀는
목발 짚고 다니는 유명 대학 교수였다
걸을 때 양손 쓸 수 없어
가방 들 수도, 우산 쓸 수도,
어린 조카 손잡고 걸을 수도 없었다
옷가게 걸려 있는 예쁜 잠옷 가격 물으면
그것은 비싸서 안 되고
자, 이거나 입어요, 만 이천 원!

다른 옷가게 앞에서 옷 구경하는데
동전 없어요, 나중에 와요
그녀는 자기에게 하는 말 아닌 줄 알고 서 있었지
영업 방해하지 말고 나중 오라는데,
안 들려요? 표독스럽게 하는 말 듣고
목발은 탄식하다가
장사치들이 더 장애인 것이 슬펐다

사진

한순간
옛날에 멈춰 버렸다

성장도 없는
그대
도대체 누구

야생마

나는 재갈 물지도 않았고
편자 하지도 않았다
누가 나 길들이기 위하여
당근 주지도 않는다
나는 목장 밖에서 살기에
아무런 제약도 없고
노예 시장에 투입되지도 않았다

눈가리개 한 채 오직 목표 향하여
기수 채찍질에 내달리며
관중들 환호성에 답하는 주파 기록에
인정받는 것도 아니고
긴 평화 긴 기쁨이 자유롭게 넘치는
대초원과 하나 된 삶이
나의 전부이다

귤과 시집

벗겨주길 기다리는 너는 나의 사랑이다
펼쳐주길 기다리는 시집
또한 나의 사랑이다
시 이야기 나누는 시인들
테이블 위 하트 모양 접시에는
몇 개의 귤이 놓여 있다
귤은 선택 기다리는 룸살롱 여인
다소곳이 앉아 있다
귤 드세요 누군가 말하자
시인들은 노란 겉옷을 벗긴다
이윽고 새콤한 속살 맛을
시집 열고 시 한 편 음미하듯
한 줄, 한 줄 떼어내어 즐긴다
한 권 시집보다
한 개 귤에 먼저 눈이 가고 손이 간다
한 개 귤보다 등급 낮은 시집 만들면서
귤 백 상자값 주는데
귤 백 상자는 그날에 팔리지만
시집 한 권은 일 년이 지나도

서점 그 자리에 꽂혀 있다
귤같이 맛있고 잘 팔리는 시집도 없이
나는 겉옷을 벗기고 있다

황혼 앞에서

하얀 억새풀 나부끼는 속
은발의 노부부
삶은 덧없는 거야
아니야, 삶은 은총이었어
지금 나를 나,무라는 거야
당신은 항상 너,무했지
다투는 사이
어둠이 노부부를 덮친다

눈사람

아무도 슬퍼하지 않는 죽음이 있다
아무도 함께하지 않는 임종이 있다
아무도 인수하지 않는 백골이 있다

난방이 되지 않은 냉골에서
얼어 죽은 것인가 배고파 죽은 것인가
형체는 대충이고 뼈만 앙상하다

죽어서 사라지는 시간보다
살아서 견딘 시간이 더욱 외로웠을
싸늘하고 푸석한 주검

아무것도 묻지 않는 세상의 공터에서
간밤 혼자 앉아 온몸이 얼고
뼈를 말리는 대낮에 온몸으로 운다

첫날밤

밤은 새벽이 되도록 깊었으나
사랑은 그칠 때를 전혀 알지 못했다

4 부

웃음

스님과 공양할 때
스님은 합장하고
나는 성모에 기도했다

스님은 웃으시며
절집서 공양하며
성모에 기도하네요

내가 웃으면서
성당서 식사하실 때
스님은 합장했지
성모에 기도했나요?

마녀 사냥

1
아담은
이 여자가 과일을 따 먹으라고 해서
이브는
저기 저 뱀이…

뱀은 모든 책임을 뒤집어썼다

2
마녀는 유용하다

마녀가 없었다면
내 잘못의 책임을 누가 뒤집어쓸 것인가

구제역은 멧돼지 탓이야,
멧돼지를 사냥하라

천안함은 누구 짓이야
마녀는 꼭 필요한 제물이다

어버이날

온종일 교실의 분필가루 속
늦은 밤, 술 취해 돌아오신 아버지
어머니는 북엇국 끓이신다
알코올에 찌들은 오장육부
그래도 탈 없어
오손도손 육 남매 잘도 견뎠지
무슨 설움에 어머니 속 타들어
췌장암으로 가신 뒤
90 가까운 아버지
홀로 끼니 챙기는 것 다행으로 여겨
안부 전화 않다가
암 투병 중인 칠순 가까운 아들은
고작 몇 푼 용돈 부쳐 드리고
눈물에 엉킨 나뭇잎들이
오월 햇살에 무성한 창밖을 보며
어버이날
안부 전화 드렸다

앞선다는 것

돈은 있을수록 더 부족하고
지위는 오를수록 더 싸워야 하고
돈과 지위 얻으려면
양심 버려야 하고
배려하는 충동 억눌러야 하네
그렇게 하지 않으면
피도 눈물도 없는 경쟁자가
당신의 자리를 대신할 것이네

앞선 자는 언제나 그렇지만
앞서 봐야 더 멋진 쳇바퀴로 갈아탈 뿐
체어맨이나 에쿠스에서
벤츠나 베엠베로 갈아탈 뿐
당신의 자리 유지하기 위하여
육체와 정신 파괴하면서 살아야 하네
바퀴 닳고 엔진 망가져 폐차될 때까지
이 세상 살아남기 위하여
얼마나 많은 것 박탈당하고 있는가
병든 자본주의 안에 당신이 있기에

봄을 기다리며

화장실 벽을 등지고
변기에 구부정하게 앉아
부패의 몇 그램을 오물 처리하고
가물가물한 기억의 뒤편 구석구석을 헹군다
위암 절제 수술을 잘 못 해 재수술을 받고
나는 병상에 누워 있으나 의사는 사과가 없다
의사는 아파도 잘 참으라며
진통제만 계속 주사하고 있다

같은 병실에는 아픔이 있어도 아픔을 모르는
통각 신경 장애 환자가 있다
난로에 손이 익어가도 몰랐고
신발의 유리조각을 인지 못 해
집에 돌아와서야 핏물 젖은 양말을 보고
비로소 병원을 찾았다
얼치기 의사는 진단을 잘 못 해 메스를 대고
통증이 어디에 있는지 알지 못 한 채
이 또한 진통제만 주사하고 있다

의사는 한 마디 사과나 소통도 없이
통증을 호소하는 환자들을 탓하고만 있다
나는 병상에 앉아 환자복 위로 야윈 목을 세우고
부석부석한 누런 얼굴을 들어
겨울 햇빛이 들어오는 창밖을
하염없이 바라보고 있다

장례

발인식은 끝났다
꽃 배달 청년이 조화를 치운다

영구차가 장례식장 빠져나갈 때 나는 보았다
지난가을에 떨어진 죽은 이파리들,
그 나무 수천 개 잎사귀들이
바람에 옮겨지는 것을

그 잎들은 한때
아름다운 활력으로 가득 차 있는 나무 전체였다

아주 단순하고 생생했던 뒤로 미룰 수 없는 삶이
차가운 겨울 공기 흔들며
검은 포도 위로 사라진다

대대손손

조부모는 3녀 2남 보살펴 자식들 종으로 사셨다
뼈 빠지게 소, 돼지, 닭 등 가축 기르기
벼농사, 보리농사, 가마니 짜기, 돗자리 짜기
아무리 땀을 쥐어짜고 뼈가 삭아도
가족이 다 함께 만족하는 시간이 지체되었다

초등교사 부친은 3남 3녀 짐이 되어
술과 빚 구덩이 벗어나지 못했다

나는 장남으로 슬하에 2녀 1남 두었다
방 한 칸 월세로 시작해
숨 가쁘게 생활의 물결 헤쳐 나왔으나
식구 전체 행복 누릴 수 있는 행운 붙잡지 못했다

내 자식들 역시 뼈 빠지게 일하고 있다

도대체 이 일은 어디에서 멈출 수 있단 말인가
가장 하고 싶은 소중한 일은
생의 마지막에도 할 수 없으니

착한 망상

운전면허증 찢어 버렸다
더는 찾아갈 곳 없기에

현금 카드 가위질해 버렸다
더는 빚지고 싶지 않기에

핸드폰 박살 내 버렸다
어차피 소통 안 되는 세상이기에

지폐를 태워 버렸다
돈이 웬수이기에

은행 보안 카메라 부숴 버렸다
잠재적 절도범으로 생각하기에

오직 기다림 하나 가지고 있을 뿐
남북 하나 될 새날

아마존 원주민

꿈 없는 삶은 죽은 거나 마찬가지
피 터지는 경쟁 부추기는 말이다

아마존 원주민은 꿈이 필요 없다
그들 삶은 싱싱하고 건강하다

자멸의 길 걷고 있는 문명한 삶은
아마존을 반사해 보라

우리가 이루고자 하는 꿈 다 이뤘다

집세 필요 없고
봉급 받기 노동 없고 지시 감독 윗사람 없고
총과 탱크 없어 군사훈련 없고 시장경제 요구 없고
숨 막히는 국가보안법 없고
입시 없고 학원비 없고 자살자 없고
스님 없고 목사 없고 정규직 비정규직 없고…

없는 것이 한없이 많아서 좋은 세상
자유 충만한 세상 여기에 있다

유기농

채소 가게 주인은
자신의 밭 가꾸지 않는다
곡물 가게 주인은
자신의 곡식 생산하지 않는다
유전자조작 채소와 곡식을
진열하고 판매할 뿐
소비자는 비닐 포장에 깨알같이 적혀 있는
내용 설명 읽지도 않고
정말 유기농일까
유기농 글자 의심하면서
가격표 유심히 쳐다본다

옥상의 철쭉을 보며

감옥 같은 사무실에서
벽에 걸린 시계 얼빠지게 쳐다보다가
사무실 옥상 화단의 몇 그루 철쭉 푸름이라도 봐야 한다

지상에서 옥상으로 올라와 피어 있는 철쭉같이
아파트 세 들어 살고 있는 가족들 위하여
이 옥상에 있는 생기 없는 철쭉의 푸름이라도 봐야 한다

만일 이것이 소설 속 시간으로 끝난다 해도
기분 전환 위하여 담배 피우고
뿌연 공해 속 섞여드는 담배 연기 보며
언젠가 저 혼탁한 세상 속
연기로 사라져 갈 날을 생각한다

나의 행복은 은행에도 있고 지하상가에도 있고
엄청나게 오가는 차량 행렬에도 있다
어디에도 나의 행복이 있다는
지옥 같은 환한 세상의 오후

노동의 잠

점심 식사 후 잠시
산사태 복구 건설 현장 노동자들이
작업모로 얼굴 가린 채
마대나 신문지 깔고
빈 도시락 베개 삼아
여기저기 전시에 버려진 시체로
숲 그늘에 누워 있다
플라스틱 생수병도
정오의 부신 햇빛 안고 쓰러져 있다
잠든 작업복 위
나뭇잎에서 실족한 자벌레에
한 줄기 무더운 바람이 스친다

대나무

허허 공공
허공을 오른다

태풍이나 폭설에도
아랑곳하지 않는다

비움으로 채워서
층층이 탑을 쌓고

작은 칼날을 세워
긍지와 존엄을 키우며

단 한 번의 개화를 향하여
긴 여정에 오른다

거미의 안부

거미줄에 이슬 반짝이는
오솔길 여름날 아침

거미 한 마리 유도 줄 뽑아내며
산들바람 속 식사 준비한다

반짝이는 비단실에 호사스럽게
매미가 매달려 있다

나는 강 아래쪽 걸어
작은 카페로 가야 한다

카페 유리창 밖으로
폐타이어 충격받이 댄 선착장
두루미 부리에 은빛 물고기

칼집 내 막 구운 빵을
핫초코로 느긋하게 즐기며

새의 공복에 낚아채일
거미 안부 생각한다

닫힌 문

집 전체를 뒤흔드는
거칠고 억센 바람이 분다

바람의 악행이 두렵다

진실과 사랑을 향한
모든 열린 문을 닫는다

이제 집들은 무덤으로 바뀌었다
오, 닫힌 문이여

추운 날

암에 걸린 장기수 한 분이 있었다
전향을 하지 않는다고 치료를 해주지 않았다
치료 한 번 못 받고 그는 죽었다
죽은 사람의 손에 인주 묻혀
전향서에 지장을 찍었다 그걸 흔들면서
이 빨갱이 새끼들아, 너희들은
전향 안 하고 살아서 못나가!
장기수의 가슴 속 고드름 하나가
누군가의 정수리에 떨어지는
참 추운 날

안개

너는
갑자기
나타났다
우리들 시야에

분명 벽인데
발로 차고 손바닥으로 두드려도
소리는 없다
벽을 휘저어도 벽은 무너지지 않고
벽 안으로 내 손이 들어가도
구멍은 보이지 않는다
벽은 내 온몸을 감싸 안고
축축한 습기를 적신다

소리 없이 찾아왔다가
아무도 모르게
아무런 흔적도 남기지 말고
그냥 지나가도록
자신의 둘레를 더욱 강화하라

벽은 벽이니까
당신들과 함께하는 것은
벽 앞에 앉은 것과 같다
벽은 알아듣지 못하니까
그냥 벽이니까

세상 환하게 맞이하고 싶은
발걸음 소리는 이리저리 허둥대고
소통 없는 세상에
뉴스 전광판 불빛만 흐릿하다

내 무덤 앞에서

1
고향 선산 내 죽어 묻힐 무덤 바라보면서
이승 떠 머물 집이라 생각하니
살아온 생 뒤돌아봐 진다
태어나 처음 숨 들이마신 뒤
거품 구름의 삶 살았는데
내 여기 와 희망이 생겼다
여기 비로소 나의 미래가 있다
살아온 기억은 희미하지만
새 삶이 기다리고 있는 곳
참으로 광활하게 어두운 이승 벗어나
이제는 명백한 행선지 찾아간다
자신의 등불 지니고
마지막 숨 내쉬면서

2
여기저기 핀 꽃 보니 목이 마르다
꽃 핀 봄날의 아, 꽃 천지
사라져야 하는 모습이기에

더욱 간절하게 아름다운 꽃
주검에 지나지 않는 이 자연의 광고물
사람은 태어나면서 계속 변해 왔기에
항시 죽는 일이 사람의 삶이고
삶은 곧 죽음의 연속이므로
어차피 떠내려갈 바다로 흘러갈 운명인 것을
사실 나는 평생 음식과 잠을 탐했을 뿐
보고 듣고 만지고 맛보고 냄새 맡는 일 외에
가치 있는 무엇을 더 했던가
감각에서 행복 구했으나 유동적이어서
아름답게 보이던 것 항시 아름답지는 않았다
이렇게 지속적 토대가 없는 것은
감각 뒤에 숨어 있는 무언가 있기 때문
이를 알고부터 처음으로
무언가 주시하는 존재를 경험했다
살고 있는 내 집
내 무덤 지켜보는 내가 있다는 것을
눈 닫히고 귀 닫히고 맛과 냄새 사라지는
그 순간 맞이하는 생각 하면서

육신과 마음 사라지고
또 다른 내가 둥근 무덤과 잔디 바라보고
무덤 앞 먼 산 위 구름 주시해 보는
참으로 내 삶은 신비의 한 부분 아주 미세한 것
그러나 온갖 사물이 되어 봄으로써
끝내는 우주에 가득한 내가 있다는 것을 알았다
항시 죽음은 삶의 절정이라는 것을
아니, 죽음은 삶의 완성이라는 것을
삶이 신비를 갖는 것은 죽음 때문이라는 것을
죽음이 없으면 사랑도 없다는 것을

3
저 무덤 속 들어가면 내 신비는 사라질 것이다
시체는 더는 죽음이 없기에,
또한 사랑이 가 버렸기에
죽음은 삶의 종착역이며
삶의 신비 일깨워 삶을 열게 하는 문,
그러므로 저 무덤으로 기꺼이 들어갈 것이다
순례의 길 걸어온 여행자로

지금껏 죽음 살아왔는데
무엇을 주저할 것인가
무덤 속 평화와 고요를, 정적을, 침묵을
영원히 사랑할 것이다
고독한 나무들은 나를 응시하고
특히 큰 소나무의 솔잎은
무덤을 덮는 이불이 될 것이며
가끔 나뭇잎 사이 푸른 하늘이 높고
어둠 속 별들이 총총하고
야행성 멧돼지도 코를 벌름거리면서
어둠 탐색하며 식식거릴 것이다
비 내려 무덤 위 잔디 돌봐 주고
무덤 앞뒤로 가을 낙엽이 바람과 함께 지나갈 것이다
눈발 흩뿌리면서 쌓이기도 할 것이다
물론 숲 속에도 죽음이나 슬픔이 가득하고
만물의 신비가 시간과 공간 속에 확장할 것이지만
저 나무 이파리들이 아름답게 스러지는 모습 닮아
위엄 있게, 그러나 단순하게 웃으면서
삶의 일부인 죽음을 맞이해야 한다

4

그림자와 나는 항시 함께했지
삶과 죽음 또한 함께하기에
무덤은 죽음 장식하는 삶일 뿐이다
이제 무덤과 함께하는 내 삶 더욱 사랑해야 한다
나를 흔들어 깨울 만큼 남은 삶 사랑해야 한다
죽음은 미래지만 삶은 현재이고
현재는 미래로 건너가는 징검다리이므로
예민한 의식으로 삶을 느껴야 한다
심장 속에 고동치는 삶의 소리를 들어야 한다
나무와 화초 속에, 그리고 이웃 사람들 속에
오직 하나 된 삶 살아야 한다
이승의 꿈 깨는 것이 죽음이므로
어차피 죽음 또한 새로운 삶이기에
그 아름답고 간지러운 촉감 주는
온전하게 황홀한 자유와 함께

거대한 도서관의 꿈, 의미

조 영 미(시인 · 문학평론가)

나와 너, 우리

시집『콩의 변증법』은 강상기 시인의 세 번째 시집『와
와 쏴쏴』의 연장선에 있다. 거칠게 말해『와와 쏴쏴』출
간 이후 세간의 관심은 '강상기=오송회'로 집중된 것처
럼 보인다. 알다시피 암울했던 군사정권 시절에는 정치
적 공안사건과 필화사건에 연루된 이들의 억울함이 부
지기수였다. '탁' 치니 '억' 하고 죽었다는 말 같지 않은
소리부터 어느 날 쥐도 새도 모르게 사라져버린 이들의
행방까지 아직도 밝혀지지 않은 비통한 사건은 우리 주
변에 잠재해있다. 시절이 바뀌었다고, 그래서 살기 좋아
졌다고는 하지만 작금의 세태를 보면 과연 그러한가 의
문스럽기만 하다. 국가권력이 개인의 삶을 처참히 짓밟
던 시절과 거대 자본이 개인의 삶을 송두리째 빼앗아버
리는 오늘의 현실은 무엇이 옳고 그른 것인가를 묻지 않
는다. 무소불위無所不爲 권력을 휘두르며 개인의 삶을 무

한경쟁으로 내모는 사회에서 우리의 삶은 진정 행복해질 수 있을까.

강상기 시인이 세 번째 시집 『와와 쏴쏴』에서 이러한 "부조리한 사회 현실을 통해 사랑과 정의, 세계와 우주를 온몸으로 수용"(유안진) 했다면, 이번 시집 『콩의 변증법』은 시인의 일상을 시화詩話해 우리 사회 곳곳에 산재해있는 위악僞惡을 가감 없이 보여주고 있다. 여기서 잠시 환기해야 할 점은 시의 창작배경을 알고 읽는 것과 그렇지 않은 경우의 감상 및 이해의 차이이다. 아는 것만큼 보인다는 말에 동감한다면 시인의 과거사(창작배경)를 알고 읽었을 때 작품의 감상 및 이해는 한결 수월해진다. 그러나 자칫 창작배경이라는 틀에 맞추어 작품을 감상하거나 이해하려는 함정에 빠져 작품 자체의 의미를 감상할 수 없게 되기도 한다. 따라서 가급적 시인의 과거사(창작배경)는 피하고—이미 세 번째 시집에서 많이 언급되었으므로—시집 『콩의 변증법』 세계에 주목해보고자 한다.

우리는 나를 가두는 우리다

나는 우리 밖이 그립다

우리에 갇히겠느냐
우리에서 벗어나겠느냐

내가 그리는 무늬가 세상을 바꾼다

- 「우리」 전문

　시집 1부 처음에 실린 위의 시는 동음이의어 사용이
돋보이며, 『콩의 변증법』 기저에 흐르는 시인의 '거대한
꿈'이 집약된 시로 보아도 좋을 듯싶다. 이 시에서 '우리'
는 '나'와 '너'를 아우르는 대명사이며 짐승을 가두어두는
명사로도 쓰인다. 한 편의 시에서 대명사와 명사가 다른
듯 같은 의미로 형상화될 때 그 시는 두 가지 의미가 있
게 된다. 어떤 이는 대명사 '우리'로 또 어떤 이는 명사
'우리'로 각각 읽어냄으로써 다층적 의미로의 시적 상상
력을 넓힐 수 있기에 그렇다. 언뜻 말장난처럼 느껴질
수 있겠으나 대명사 '우리'는 명사 '우리' 밖을 감히 벗어
나지 못 한다. 설령 명사 '우리' 밖으로의 과감한 탈출을
시도한다 하더라도 대명사인 '우리'는 명사 '우리' 안으로
포섭되기를 갈망한다. '우리'는 '나'와 '너'를 나누는 경계
이며 동시에 '나'와 '너'를 하나로 묶는다. 그래서 '우리'는
'우리' 밖을 그리워하면서도 '우리' 밖으로 나가기를 두려
워한다. 바로 이 지점에서 '우리'는 "내가 그리는 무늬가
세상을 바꾼다"는 『콩의 변증법』의 시세계를 감지하게
된다.
　앞서 시 「우리」가 『콩의 변증법』 기저에 흐르는 시인의
'거대한 꿈'이 집약된 것으로 본 이유는 "내가 그리는 무

늬"가 과연 어떠한 무늬인가 하는 점 때문이다. 무늬를 그린다는 것은 하나의 행동을 요구하는 행위이며 이 행위를 통해 무늬는 행위자의 의도에 따른 그림으로 완성될 수 있다.

> 담쟁이는 잎과 빨판을 지니고
> 허공을 오르기에
> 꽃을 열망하지 않는다
>
> 난초는 꽃을 피워
> 은은한 향기를 풍기기에
> 열매를 궁리하지 않는다
>
> 살구나무는 꽃을 피우고
> 살랑거리는 녹음 속에
> 열매를 품는다
>
> 집 마당귀에 살구나무를 심었더니
> 살구나무집이 되었다
> 담에는 담쟁이를 올리고
> 방안에는 난초를 들였다
>
> — 「목적에 따라서」 전문

시의 화자에게 목적은 결과에 대한 보상이 아니다. 담쟁이와 난초, 살구나무는 자신이 해야 할 일을 묵묵히

해내고 있을 뿐 꽃을 피우거나 열매를 맺는 게 목적이 아니다. 바꿔 말하자면 '우리'가 흔히 간과하기 쉬운 꽃과 열매가 되기까지의 과정에 대한 이야기다. 과정은 생략된 채 결과를 최종목적으로 생각할 때 담쟁이와 난초, 살구나무는 그들 본연의 의지와는 상관없이 '우리'의 가치판단에 휘둘린다. 화자가 자신의 "집 마당귀에 살구나무를 심었더니/ 살구나무집이 되었다"는 것처럼 '나'의 목적 또는 의지는 '우리'의 욕망에 의해 그 가치가 결정된다. 보고 싶은 것만 보고 듣고 싶은 것만 듣고자 하는 '우리'에게 '나'는 왕왕 '나'임을 잊고 '우리'의 틀에 '나'를 끼워 맞추고자 한다. 하여 '너'가 외치는 소리는 무심결에 흘리거나 외면하기 일쑤다. 「비겁한 일상」의 '나'는 '너'의 행위를 "못 본 척"하고 "생존 투쟁 데모하는" 이들을 향해 "시끄럽다 욕하"며 "짜증 섞인 불평을 한다". '우리'라는 틀 밖에서 보면 이러한 소시민적 삶이 비겁해 보이지만 정작 '우리' 안에 있는 '나'와 '너'는 그러한 일상을 당연한 것처럼 인지하고 살아간다. 마치 "지금은 불치의 암이 냉동된 겨울"(「개미들을 위하여」)임을 애서 외면하듯 말이다. 그래서 시의 화자는 말한다. "나는 뜨거운 노래를 불러야 한다"고, "길은 내가 만들고(…) 내 앞의 발자국을 본다"고.(「발자국」) 그렇다면 화자가 만들고자 하는 길은 무엇이고 그 발자국에 어떤 무늬를 그리고자 하는 것일까.

차이와 차별, 모순

  우선 시집 표제인 「콩의 변증법」 화자의 언술에 주목해
보면, 콩은 하나의 세상으로 저희끼리 모여 작은 군락群
落을 이룬다는 것을 알 수 있다. 헤겔의 철학적 입장을
굳이 표명하지 않더라도 우리는 정반합正反合의 조화로운
세상을 바란다. '나'와 '너'의 대립이 아닌 더불어 행복하
게 살아갈 '우리'의 세상을 원한다.

> 어머니가
> 쌀을 방바닥에 뿌려 놓고
> 뉘와 돌 골라내 밥 짓는 동안
> 아버지는 콩 다발 마당에 펼쳐 놓고
> 도리깨로 두드렸지
>
> 콩 껍질 걷어내고
> 알맹이와 뒤섞인 모래
> 다시 걸러내
> 콩끼리 모여 사는 세상 되었어
>
> 콩이 다시 세상을 나누지
> 콩나물, 콩비지, 콩기름,
> 두부, 두유, 메주,
> 청국장, 된장…
>
> — 「콩의 변증법」 전문

콩은 "콩끼리 모여(…) 다시 세상을 나"눈다. 여기서 콩이 세상을 나눈다는 것은 우리의 관점이지 콩의 본질은 아니다. 콩의 본질은 변하지 않지만 콩을 주원료로 하는 음식의 이름이 다를 뿐이다. 우리의 세상도 그러하다. 똑같은 '나'이지만 '나'가 모여 '우리'를 만들고 그 안에서 서로 다른 이름으로 부르며 "목적에 따라서" 혹은 관점에 따라, '나'의 입장에 따라 다른 이름을 호명한다. 정은 정끼리, 반은 반끼리 모여 합의 도출보다는 끼리의 문화를 생산해 차이를 만들고 차별을 하며 '우리'의 세상을 꿈꾼다. 이 시에서 화자는 무엇을 하자는 선동보다는 있는 그대로의 사실을 이야기한다. 즉 호명된 이름은 다를지라도 본질은 하나이며 각각의 군락은 외연外延 확장을 통해 또 다른 군락을 이룬다는 것. 이러한 확장은 우리 사회 곳곳에 거미줄처럼 얽히고설켜 있으며, 현대사회의 세분화에 따라 필연적으로 나와 너의 차이를 야기한다.

① 누구는 버스비 없어 5km 걸었다

　누구는 비만이 싫어 5km 걸었다

　　　　　　　　　　　　　－「차이 · 1」 전문

② 그 엄마는 자기 아이

반지하에 가둬 놓고
부잣집 아이 돌보고 있다

부잣집 아이는
제 엄마 품에서 사랑받지 못하고
돌보미의 노동에 잠이 든다
– 「아이 기르기」 전문

③ 대학 등록금 마련에 빚이 졌다
　　그녀는 마트에서 알바해도
　　빚 갚을 수 없어
　　청계광장 나가 촛불을 들었다
　　물대포 맞고 돌아왔으나
　　기다리는 것은
　　불법 시위 범칙금 몇백만 원
　　대학 졸업해 좋은 신랑 만나
　　잘 살아야지 다짐도 헛되게
　　그녀는 성시장에 몸을 내놓았다
– 「전락」 전문

①, ②, ③의 시는 『콩의 변증법』 곳곳에서 마주하는 우리의 불편한 현실을 있는 그대로 보여준다. "누구는 버스비 없어 5km"를 걷지만 "누구는 비만이 싫어 5km"를 걷는다. 누구는 자신의 아이를 기르기 위해 "돌보미의 노동"을 하고 누구는 "대학등록금 마련"을 위해 "성시

장에 몸을 내놓"는다. 자본주의 시대에 돈이 지상 최고의 목적이 되어버린 우리 사회는 황금물질만능주의를 넘어 무엇이 옳고 그른가에 대한 문제 제기 자체가 없어 보인다. 혹자는 ①, ②, ③의 현실을 보며 '그러니까 돈을 벌어야 한다'고 하겠지만 자본주의 사회에서 자행되는 불공정은 ①, ②, ③의 현실적 삶을 타계할 근본적 방안이 될 수 없다. 문제는 편중된 부의 축적이 타인의 삶을 이타利他적으로 이끌지 않고 오히려 그 위에 군림하고자 한다는 데 있다. 자본주의 구조에서는 모든 것이 돈으로 가치평가 되기에 현실의 차이를 넘어 차별을 만들어내고 급기야 콩의 본질을 잊게 한다. 기본과 원칙이 통용되지 않는 사회는 차이가 차별을 만들고 차별은 독선과 아집으로 자신이 속한 군락에서 제왕의 모습을 보이고자 한다.

이렇게 보면 ①, ②, ③의 화자는 자본주의 구조 안에서 콩의 본질을 인식하고 무엇이 '콩'다움인가를 반성케 한다. 다시 말해, 『콩의 변증법』 화자가 "뜨겁게 노래를 불러야" 하는 이유는 현실을 직시하되 무엇이 우리의 문제인가 나아가 자본주의 사회에서 차이와 차별의 구조적 모순을 어떻게 극복할 수 있겠는가를 묻는 것이다. 이것은 "내 발자국을 본다"는 화자의 현실 직시이며 거대 담론보다 일상적 삶에서 태연히 자행되는 위악을 있는 그대로의 무늬로 보여줌으로써 실천적 행위로 나아감이다. 간과하지 말아야 할 것은 『콩의 변증법』 화자가 독자의 감수성을 자극하지 않는다는 점이다. 화려한 수사가 아닌 지적知的 자극을 통해 "계산의 끝없는 욕망"(『전자계산기』)을 보여주고 "병든 자본주의 안에 당신이 있"(『앞선다는 것』)다는 것을 상기想起시킨다.

돈은 있을수록 더 부족하고
지위는 오를수록 더 싸워야 하고
돈과 지위 얻으려면
양심 버려야 하고
배려하는 충동 억눌러야 하네
그렇게 하지 않으면
피도 눈물도 없는 경쟁자가
당신의 자리를 대신할 것이네

앞선 자는 언제나 그렇지만
앞서 봐야 더 멋진 쳇바퀴로 갈아탈 뿐
체어맨이나 에쿠스에서
벤츠나 베엠베로 갈아탈 뿐
당신의 자리 유지하기 위하여
육체와 정신 파괴하면서 살아야 하네
바퀴 닳고 엔진 망가져 폐차될 때까지
이 세상 살아남기 위하여
얼마나 많은 것 박탈당하고 있는가
병든 자본주의 안에 당신이 있기에

– 「앞선다는 것」 전문

무엇에 앞선다는 것은 물질의 앞섬이 아니다. 진정한 앞섬은 "돈과 지위"를 위해 "양심"과 "배려"를 버리는 것이 아니다. "육체와 정신을 파괴하면서 살아야 하"는 삶은 결단코 앞선 삶이 될 수 없다. 누구보다 또는 무엇보다 앞선다는 것은 나와 너를 아우르는 우리 안에서 차이와 차별의 모순을 극복하고 "모든 살아 있는 것은/ 비상할 때가 아름답다"(「깡통을 차다가」)는 소외된 것에 대한 관심이며 배려, 인정이며 사랑이다. 이러한 앞섬은 생각으로만 되지 않는다. 작은 실천 하나가 세상을 바꿀 수 있다는 의지와 꿈이 없다면 시인은 세상의 무늬를 그려낼 수 없다.

집에서 무덤으로, 꿈

시인이 발 딛고 사는 사회는 여타의 서정시에서 볼 수 있는 세상과는 다르다. 한 편의 시는 정치政治적일 수 없으나 그 사회의 지향점을 정치定置할 수는 있다. 그 때문에 시인이 무엇을 보고 어떻게 쓰느냐의 문제는 그 사회의 건강성과 밀접한 관련이 있다. 시인이 그리는 무늬가 세상을 향한 변화와 변혁의 소리를 높일 때 그 사회의 권위와 폭압, 부정과 부패의 심각도가 어느 정도인가를 짐작할 수 있다. 예를 들면 아름답고 평화로운 시절에는 사랑과 풍요를 노래하는 시가 많아지고, 그렇지 않은 시절에는 역설과 아이러니, 풍자와 직설화법이 많아진다. 이런 의미에서 자본주의 사회 구조 안에서 개개인의 삶은 상대적일 수밖에 없지만, 무엇이 인간적인 삶이어야 하는가에 대한 깊은 고민과 반성은 절실히 필요하다.

꿈 없는 삶은 죽은 거나 마찬가지
피 터지는 경쟁 부추기는 말이다

아마존 원주민은 꿈이 필요 없다
그들 삶은 싱싱하고 건강하다

자멸의 길 걷고 있는 문명한 삶은
아마존을 반사해 보라

우리가 이루고자 하는 꿈 다 이뤘다

집세 필요 없고
봉급 받기 노동 없고 지시 감독 윗사람 없고
총과 탱크 없어 군사훈련 없고 시장경제 요구 없고
숨막히는 국가보안법 없고
입시 없고 학원비 없고 자살자 없고
스님 없고 목사 없고 정규직 비정규직 없고

없는 것이 한없이 많아서 좋은 세상

자유 충만한 세상 여기에 있다
— 「아마존 원주민」 전문

현대 문명은 발전의 발전을 거듭해왔으나 역설적이게도 발전한 문명 덕에 인간성은 점점 상실되어 간다. 이는 편리함의 댓가로 치기에 더불어 행복한 삶이 요원한 구조로 전락해버렸음을 의미한다. 「아마존 원주민」은 그러한 현대 문명의 이기가 궁극에는 '필요 없음'에 있다는 점을 명시하며 "없는 것이 한없이 많아서 좋은 세상"을 아마존으로 반사해 보여준다. 그런데 5연의 필요 없음은 아마존 원주민에게 없는 개념이다. 애초에 그러한 것이 없었으므로 그들에게 "꿈 없는 삶은 죽은 거나 마찬가지"가 아니다. 분명한 것은 원주민의 삶이 자본주의 사회에 길들여진 5연의 "경쟁 부추기는" 삶과는 달리 자연에 순응하며 자연이 주는 혜택을 감사히 받는다는 데 있다. 없으면 없는 대로 있으면 있는 대로 살아가는 원주민의 삶이 경쟁이 아닌 더불어의 삶이겠지만 우리는 문명의 편리함을 결코 포기하지 않는다. 필요 없음이 절대적으로 필요한 현대의 삶은 「목적에 따라서」 얼마든지 자신의 얼굴과 입장을 바꾼다. 그리고 아이러니한 모순된 현실을 극복하고자 쳇바퀴 돌리기를 멈추지 않는다. 왜냐하면 "나의 행복은 은행에도 있고 지하상가에도 있고/ 엄청나게 오가는 차량 행렬에도 있"다고 믿기 때문이다. "어디에도 나의 행복이 있다는/ 지옥 같은 환한 세상"(「옥상의 철쭉을 보며」)에서 "나는 나의 노예"(「나는 누구입니까」)임을 모른 채 무엇 무엇과 비교하며 "위선으로나를 봉인"(「봉인을 걷어내도」)하고 열심히 살아간다.

집 전체를 뒤흔드는
거칠고 억센 바람이 분다

바람의 악행이 두렵다

진실과 사랑을 향한
모든 열린 문을 닫는다

이제 집들은 무덤으로 바뀌었다
오, 닫힌 문이여

– 「닫힌 문」 전문

편안하고 안락해야 할 집이 "무덤으로 바뀌"는 것은 "바람의 악행" 때문이다. 이 시 역시 앞서 보았던 「우리」와 같은 구조인데, 여기에서의 바람은 단순히 부는 바람이 아니다. 시적 상징으로 읽어보면 바람은 외부의 압력으로 "진실과 사랑을 향한/ 모든 열린 문을 닫는" 사회구조 문제일 수 있으며, 진실을 밝히는 거대한 권력의 억압일 수도 있다. 이 시에서 '바람의 악행=닫힌 문', '진실과 사랑=열린 문'으로 보면 '집=무덤'이 무엇을 의미하는

지 유추할 수 있다. 앞의 시 「아마존 원주민」에서 시적 화자가 꿈꾸는 세상은 경쟁이 아닌 더불어의 삶 즉 인간적인 삶이었다. 없는 것이 많아서 오히려 행복한 세상에서 "진실과 사랑을 향한/ 모든 열린 문"을 향해 "대초원과 하나 된 삶"(「야생마」)을 꿈꾸는 화자에게 현실은 "일 년이 지나도"(「귤과 시집」) 시집 한 권 팔리지 않으며 장애인을 차별하고(「목발」), 자식은 아비의 죽음보다 유산에 더 관심이 많다.(「어떤 임종」) 지성보다는 감성이, 겉모습만으로 인간됨을 판단하는, 죽음보다 돈에 더 집착하는 현실에서 노동력을 상실한 화자는 "무임승차로 무덤의 집으로 돌아갈"(「춘천행」) 수밖에 달리 방법이 없다. 결국 '집=무덤'은 소시민의 삶이 더욱 피폐해져 가는 자본주의의 세태를 적나라하게 그려내고 있음이다.

시집 『콩의 변증법』 화자는 "세상 뒤엎을 그 날을 꿈꾸"(「마그마」)며 "강렬한 성욕의 왕성함으로/ 세상의 무늬를 바꾸고 싶"(「바다의 섹스」)다고 했다. 주의 깊게 보아야 할 부분은 이 꿈이 결코 거대한 것이 아니라는 역설이다. 세상의 모든 무늬는 하나의 점으로 시작된다. 점과 점이 모여 선을 만들고 선은 면을 만들며 결국 원하는 무늬를 만들어낼 수 있다. 우리는 모두 이 세상에서 하나의 점이며 선이고 면이다. 어떤 시공간에 놓인다 하더라도 점이 없으면 세상이 유지되지 않는다. 점 하나하나가 "심장 속에 고동치는 삶의 소리를" 듣고, "나무와 화초 속에, 그리고 이웃 사람들 속에/ 오직 하나된 삶을 살아"(「내 무덤 앞에서」) 간다면 그래서 왕성한 성욕으로 건강한 사회의 원동력이 된다면 가능한 일이다.

시인은 이 거대한 세상에서 "작은 반딧불이"(「거대한 도서관」) 역할을 하는 실천적 존재다. 시인은 시로 말해야 하며 시를 통해 사회의 변화를 꿈꾸어야 한다. 단절이 아닌 소통으로 "어둠 안에서 빛나는" 시로 세상에 의미를 던져주어야 한다. 그러기 위해서는 위악적인 포즈보다 나와 너, 우리의 관계를 직시하고 긴 호흡으로 세상의 모순과 마주해야 한다. 그랬을 때 "불치의 암이 냉동된" 현실에서 "뜨거운 노래"의 진정성이 전해질 수 있을 터이다.